U0869247

Frankie's Magic Football

球衣8号

兰帕德少年足球小说系列

HAIDAO XUANWO DE CHONGLI SHEMEN

海盗旋涡的冲力射门

[英] 弗兰克·兰帕德 著
乐乐张 译

GUANGXI NORMAL UNIVERSITY PRESS
广西师范大学出版社
·桂林·

出版统筹：汤文辉
选题策划：王　津　张耀霖
责任编辑：于海宝　熊　隽
美术编辑：卜翠红
版权联络：张耀霖
营销主管：耿　磊
责任技编：李春林
First published in Great Britain in 2013 by Little Brown Books for Young Readers

著作权合同登记号桂图登字：20-2015-257 号

图书在版编目（CIP）数据

海盗旋涡的冲力射门 / （英）弗兰克·兰帕德著；乐乐张译.
桂林：广西师范大学出版社，2016.10（2017.2 重印）
（球衣 8 号兰帕德少年足球小说系列）
书名原文：Frankie vs Pirate Pillagers
ISBN 978-7-5495-8209-9

Ⅰ. ①海… Ⅱ. ①弗…②乐… Ⅲ. ①儿童文学－中篇小说－英国－现代 Ⅳ. ①I561.84

中国版本图书馆 CIP 数据核字（2016）第 110538 号

广西师范大学出版社出版发行
（广西桂林市中华路 22 号　邮政编码：541001
网址：http://www.bbtpress.com）
出版人：张艺兵
全国新华书店经销
北京盛通印刷股份有限公司印刷
（北京经济技术开发区经海三路 18 号　邮政编码：100176）
开本：880 mm × 1 240 mm　1/32
印张：3.5　　字数：43 千字
2016 年 10 月第 1 版　　2017 年 2 月第 2 次印刷
印数：10 001~16 000 册　　定价：18.00 元

谨以此书献给我最亲爱的母亲帕特夫人。感谢她当年在我只顾踢足球的时候，提醒我写作业，感谢她陪我走过人生的点点滴滴。

——弗兰克·兰帕德

序 言

很高兴我的足球小说在中国出版。这是一种奇妙的缘分，因为这套小说中，有一本我专门写到了中国！我曾经到过中国，见到了无数可爱的球迷，切身体会过这里对我的支持，我希望很快能够再次拜访中国。

我从小就喜欢踢球，这和我的家族有很大关系，我爸爸是名足球运动员，我童年最快乐的时光就是和他在后院踢球，他教了我不少踢球的秘诀。当然了，想要成为一名职业足球运动员，光是热爱足球还远远不够，还得有各种严格的训练。但正是因为热爱，即使再严苛的训练，也会乐在其中。

在球场上，我曾经攻破过许多球队的大门。很多人曾问我进球的秘诀是什么？我的回答就是：不断地练习。就是这么简单。想要踢进一个球，靠的可不只是

运气，你需要充沛的体能、娴熟的技术，还有最重要的——灵活的大脑，而想要达到这些标准，你需要不断地练习、练习、再练习，直到迎来进球的那一刻。我自认不是天才型的球员，所以，我从来不会放弃最基础的足球训练，这就是我踢球的秘诀。

中国是一个伟大的国度，我知道在那里有很多喜爱足球运动的孩子，也像我小时候一样，每天踢足球、看球赛、买足球杂志，甚至会搂着足球睡觉。我也知道，不少家长反对孩子过多地踢球（因为他们觉得会影响功课），但是我相信足球能够带给孩子课堂上学不到的东西，那就是面对困难的勇气、团队合作的精神以及进球那一刻的喜悦。

我现在是两个女儿的父亲，每天夜里，我会在她们入睡前陪她们一起阅读，希望她们能够从故事中获得勇气和信念。就像我在书中创造的弗兰克足球队一样，他们遇到各种各样奇怪的足球队，有骑士、海盗、木乃伊等历史和神话人物，也能看到很多奇怪的动植物，但是正是足够的勇气和信心，让他们一次次战胜强大的对手，并且让友谊更加坚定！

另外，每本书中加入了关于足球的知识，包括足球的历史、规则、技术等等，可以让你更加深入地了解足球这项运动。鉴于每个人特长不同，有人喜欢在前场冲锋陷阵，有人喜欢在中场运筹帷幄，还有人喜欢在后场纵横捭阖，所以，从这些足球知识中，每个人都可以学到自己感兴趣的东西。而从你翻开这本书的第一刻起，你就是弗兰克足球队的一员了，兰帕德叔叔将成为你最给力的教练！

开球吧！少年！

弗兰克·兰帕德

目录
CONTENTS

★ ★ ★ ★ ★

欢迎来到“魔法足球大联盟”的奇妙世界！这里有全世界最顶级的足球联赛！你还在等什么？

想要加入“魔法足球大联盟”？首先，你要组建一支属于自己的球队。注意，这种级别的赛事可不是在公园里踢着玩儿的那种，你的对手是来自世界各地的强队，比赛场地也是世界闻名的“大球场”。

现在，哨声即将响起，大伙儿系紧鞋带，众志成城，拿出你们的最高水平！祝你们好运！

——主裁判

第一章

来路不明的神秘礼物

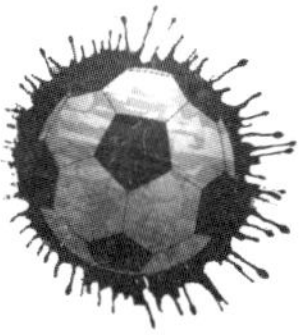

“我们要不进去看看？”弗兰克问。

“你说她会不会在里面迷路了？”

“得了吧，”查理朝鬼屋里瞅了一眼说，“看着吧，她很快就会尖叫着跑出来的。”

两人站在鬼屋的出口处，百无聊赖地等待露易丝的出现。远处，巨大的“伦敦眼”把落日挡了个严严实

实。年关将至，环球嘉年华也要和伦敦告别了。

“你不会一点儿都不害怕吧？”弗兰克半信半疑地打量着查理。

查理立刻红了脸，脸上的雀斑显得尤为引人注目，说：“也不能说一点儿都不害怕。”

弗兰克“嘿嘿”地干笑着，他依稀记得去年的这个时候，查理说打死也不要来鬼屋玩，因为真的太恐怖了。凡是你能想象得到的应有尽有，比如说左摇右晃的骷髅架、令人毛骨悚然的大蜘蛛，还有躲在角落呜咽的孤魂野鬼。本来这次查理说好了要和露易丝一起进去的，但是“很不巧”，门票要1英镑一张①，而查理的口袋里只揣了5便士②。

---

① 译者注：英镑是英国国家货币和货币单位名称。如果你到英国去，一定要先记住这个等式：1 英镑约等于 8.65 元人民币。

② 译者注：同上，1 英镑等于 100 便士，1 便士约等于 0.1 元人民币。

麦克斯是弗兰克家的一条宠物狗，大家叫它“小麦”。此时，它正围着弗兰克转圈圈，一双眼睛直勾勾地望着他手里的棉花糖。

“小麦，想吃吗？没门儿！棉花糖太甜了，对牙齿不好。”虽说不给小麦棉花糖吃，但弗兰克还是从口袋里掏出一块宠物饼干。小麦把嘴巴张到最大，等待幸福时刻的到来。弗兰克“嗖”地一下把饼干抛向空中，小麦看准时机，一口将整块饼干都吞了下去。弗兰克开心地挠挠小麦毛茸茸的下巴。

“嘎吱”一声，鬼屋门突然打开，里面尖叫声此起彼伏，第一个冲出来的是一个中年人，只见他脸色煞白，眼睛瞪得老大。哦！这位先生不就是弗兰克的体育老师唐纳德先生吗！

“嘿！我没看错吧！是唐纳德先生！太逗了，你看他被吓的！”

唐老师一看是他俩，赶紧拍了拍屁股上的灰尘，站了起来，一只手优雅地摸了摸头发，故作镇定地向

他们走来。

“唐老师，我想知道您肩膀上趴着的是蜘蛛吗？”查理故意问道。

唐先生一听被吓得蹦了三尺高，脖子伸得比长颈鹿还长。

“哦，唐老师！不好意思！我只是开个玩笑！”

唐老师被这两个毛头小子气得发抖：“行，明天咱们操场见！”

“没问题，唐老师！”弗兰克说，“只要能踢球，我们绝对不会逃课！”

唐老师脸一沉，转身离开了，一边走一边使劲揉着后颈。

鬼屋大门“嘎吱”一声再次打开，这次出来的是露易丝。不可思议的是她非但没有像唐老师那样被吓得失魂落魄，还不慌不忙地玩着手中的游戏机！

“我们以为你被骷髅骑士给拐走了呢！”弗兰克说。

SCREAM HOUSE
£1
8
FRANK

露易丝怯怯地说："真的太太太太太……不恐怖了，一点感觉都没有，倒是有点无聊，害得我差点儿睡着。"弗兰克和查理听了惊出一身冷汗。

弗兰克说："好了，我要回家了，我妈让我最晚5点半到家。"

"我也一样。"露易丝说。

于是，他们穿过喧闹的碰碰车游乐场向外走去。此时，砸椰子游戏正在进行，一个瘦弱男孩的身影出现在他们面前。这不是科比吗？原来，他们的好朋友科比正站在安全线后，手握网球，准备投向架子上的椰子。

"嘿！科比，不错呀！"查理还离老远就大声说，"敢和我比比吗？"

科比转身看了看查理，胳膊用力一甩，手中的网球像离弦的箭一般向查理飞来，查理紧盯网球的线路，握了握拳头，一个侧扑将球稳稳拿下，然后把网球又扔了回去。站在一旁的小麦不禁"汪汪"直叫。

“最好的守门员[1]，时刻准备着！”查理说。好吧，这句话其他人已经听了几千遍了。的确，除了上课时间，查理不管走到哪儿都要戴着他那副守门员手套，睡觉的时候也不例外。弗兰克很清楚，查理虽然个头不高，但整个年级里最出色的守门员非他莫属，哪怕在全校范围内，要想挑出比他更强的守门员都是难上加难。

“科比，投得不错嘛，拿到奖品没？”弗兰克问。

科比摇摇头说：“还没有，我倒是每次都能打中椰子，但是椰子不领情，人家根本不愿意掉下来，我能

---

① 译者注：守门员是每支球队的最后一道防线，把握着球队胜负的决定性命脉。在这个位置上涌现出了许多足坛巨星，例如德国的卡恩、西班牙的卡西利亚斯、意大利的布冯和丹麦的舒梅切尔等。守门员的主要任务有两点：第一，守卫球门，不让球进入；第二，由守转攻时，用快速、准确的传球，组织、发动进攻。不过，一位优秀守门员除了在球场上表现出色外，生活中也可能派上用场。1962年，一位捷克斯洛伐克的守门员正在大街上散步，突然，一个黑影从上方直线下落，职业习惯让他不由自主地腾空而起，对着黑影扑了过去，将下坠物体稳稳抱在怀里。这时，人们才发现，这是一个从五楼失足掉下的孩子。

怎么办，不信你试试？”说着，科比摆出一副棒球投球手的架势，用力将网球掷出，球打中了椰子，但是正如他刚才所说，椰子一动不动。

“小伙子！下次再试吧！祝你好运哦！”老板娘又矮又胖，头戴一顶毛绒帽，裹着一件波斯料子的毛料外衣，外衣肥大得能够把她裹上两圈。

“我不信！这椰子肯定有猫腻，你一定把椰子粘住了！”科比十分恼火。

“喂！年轻人，怎么说话呢！还能不能愉快地砸椰子了？”老板娘也不示弱，“我家的椰子想怎么放就怎么放，轮不到你在这儿胡说八道。”

科比哪里有耐心继续听下去，他冲过安全线，来到摆放椰子的架子前，一把握住一个椰子，用力向上拔，结果怎么拔都拔不起来。

“大家快看！骗子！她是个骗子！”

“一定是天太热了，”老板娘辩解道，“椰子晒出了水，给粘住了。”

“不可能！椰子可是晒不化的。”弗兰克说。

“就是粘住的！”露易丝喊道。

“粘住的！”查理也跟着喊。

小麦也“汪汪”叫。

老板娘气得直跺脚，用手捂着脸掩饰自己的窘态，十分的不自在。

“你不就想要这个吗？给你！给你！赶紧给我走！”

老板娘从礼品架上取下一只巨大的粉色泰迪熊玩偶，丢给了科比。

“拿着，赶紧给我走！”

看着怀中的泰迪熊，科比皱了皱眉，有些不悦地说：“这个吧，给我妹妹还差不多。”

他转身对大家说：“今天多亏了大家，行，明天见啦！”

科比大摇大摆地抱着奖品离开了，而弗兰克和他的伙伴们继续向出口走去。弗兰克还是有一点儿小小

的不快，因为不管在场内还是场外，弗兰克一直坚持“公平竞争”的原则，痛恨一切有猫腻和不道德的行为。

热狗店的后面有家商店，店面并不大，但商店招牌上一个不停旋转着的足球引起了弗兰克的兴趣。

咦？之前怎么没注意到还有这么一家店？

“等等。”弗兰克跟大家说，然后朝那家小店跑去。

此时，小麦正盯着街边小贩烤炉上的香肠一动不动。

“小麦，过来！待会儿给你好吃的。”

弗兰克带着小麦一起来到商店门前。

这是一家足球主题商店，老板是一位头发花白的老爷爷，他正踩着梯子准备把门上的招牌摘下来。

“要关门了吗？”弗兰克问。

老爷爷从梯子上爬下来，说：“嗯……是的。”但是看到弗兰克渴望的眼神，老爷爷点了点头说：“好吧，多你一个也无所谓，你玩吧。50便士玩3局，只要你把球踢进木桶，就算你赢。”

说完，他从柜台里拿出一个足球。从外表上看，这个足球看起来年代久远，应该比弗兰克都要大很多。暂且不说它充气足不足，就连外表原本像样儿的皮革都已经裂开，有的甚至脱落。

老爷爷把这个破烂不堪的足球放在弗兰克面前，小麦绕着足球闻了又闻，然后从喉咙中发出阵阵“咕噜”声，好像在传达着某种敌意。

“那木桶也太小了吧，”查理喃喃自语，“也许又是个骗子。”

弗兰克盯着老爷爷，总觉得他身上有什么地方不对劲儿——一头的短发像罩了一层白霜，深深的皱纹下，两条眉毛像两只粗粗的毛毛虫，但是不管怎么说，从面相上看，他不像骗子，而应该是个忠厚老实的人。

弗兰克在兜里摸了又摸，把最后的50便士掏了出来

放在柜台上。

他站在球前，向后退一步，深呼一口气，然后用脚尖准确地将球捅出，足球“嗖”地飞了出去，可惜刚好高出木桶飞了出去。

“真倒霉。”露易丝说。

老爷爷把球再一次放在弗兰克面前说：“你还有两次机会哦。”

弗兰克再次抬头看看木桶，然后闭上眼睛，在脑海中勾画出木桶的位置。这次，他直接用脚面踢出一脚弧线球，力量并不算大，不过结果令小伙伴们倒吸一口凉气。原来，足球虽然旋转着飞向木桶，但是高度不够，正好砸在了木桶边缘弹了出去……

“就差一点点。”老爷爷把球捡回来说，“最后一次机会，继续加油。”

“早就告诉过你了，”查理说，“你看，这球的直径和那木桶口径大小几乎一样，怎么能踢得进去？”

弗兰克闭上双眼，告诉自己要冷静、放松。

“弗兰克，你能行的。”露易丝在一旁加油。

他睁开眼，后退一步，然后助跑，触球。这一次，他踢出了一记美妙的“电梯球”①，只见足球在空中先是上升，然后猛地下坠，正好落在了木桶中。

“球进了！”弗兰克挥舞着双臂大喊。

“射得漂亮！”查理拍着弗兰克的肩膀说。小麦也翘起前腿来和主人庆祝。

老爷爷呆呆地站在那里，惊得半天都说不出话来，用手摸了摸下巴说：“好吧，多少年没有见到过这么漂亮的‘电梯球’了。”

---

① 译者注：你知道什么是电梯球吗？电梯球当然不是坐着电梯踢足球啦！电梯球是一种踢球技巧。简单地说，电梯球是指踢球者使用踢球脚的内侧把球踢出去，球本身产生很小的旋转，然后很快地呈斜线往上飞，又以更大陡度急坠，好像电梯急上急下。正常情况下，守门员对这种球毫无防备之力。电梯球的路线像一个“S”形，擅长踢这种球的球星有很多，最有代表性的当属葡萄牙队的 C. 罗纳尔多，他本人更是将自己的电梯球命名为“战斧”，他的战斧式射门时速往往超过 100 公里！

£2
8

£0.5

听到夸奖，弗兰克忍不住偷笑一番，真是有点不好意思。

“那奖品是什么？”查理问。

老爷爷低头看了看脚下说：“呃……其实，根本没有奖品。”

“什么？”

“是的，因为从我开店至今，从来没有人能踢得进去。”

他盯着弗兰克说：“这样吧，如果你喜欢，我把这个足球送给你。”

“哎哟，真是‘大奖’啊！”露易丝嘟囔道，“估计连小麦都不想碰它。”

没有人看得起这么一个破旧不堪的足球。

但是弗兰克点点头，微笑着把足球收下。其实，他也不知道为什么，只是感觉到冥冥之中，有一股神秘的力量吸引着他。

老爷爷把足球从木桶中拿出来，抛给弗兰克。

弗兰克用脚弓将球卸下，说："它一定会给我带来好运的。"

"你还别说，"老爷爷眼神中闪过一道光，神秘地说，"也许它真的能给你带来好运。"

说完，老爷爷把50便士抛还给弗兰克，不过，还没等弗兰克出手，急先锋查理伸出大手，一把将硬币在半空中握住，说："优秀的守门员，时刻准备着！"

弗兰克苦笑着说："行了行了，赶紧走吧。"

第二章

游乐场上的旋涡

“还有时间踢球吗？”露易丝望着对面的公园问。

弗兰克看了看表，已经17点10分，但是一想到踢球他就来劲儿，爽快地说：“走，踢10分钟。”

于是，大家披着晚霞，乘着凉风，走进公园。起初，弗兰克觉得，这么晚了，公园里应该没什么人才

对，但是不知谁的一声大喊证明他错了："大家快看，是凯文。"

凯文是弗兰克的哥哥，此时，他和两个朋友正靠着栏杆"咕咚咕咚"地喝着运动功能饮料。

"你的足球好漂亮啊，弗兰肯斯坦先生。"凯文冷笑两声，将手中的瓶子用力丢在草坪上，不紧不慢地说。

"别过去找麻烦了。"查理悄悄说。

弗兰克强忍心中欲爆炸的怒气说："别把饮料瓶丢在草坪上！"

"哦？是吗？"凯文说，"是不是要回家跟老妈告我一状？"

弗兰克盯着凯文想，要是让老妈看到刚才那一幕，不把他揪回家才怪！

他咬咬牙，走到凯文身前，躬下身子，准备捡起丢在地上的饮料瓶。这就是凯文，对自己所做的事情从来都不负责，虽然两人是亲兄弟，但是性格上形成了鲜明的对比。事情还在继续，弗兰克正要捡起瓶子，让人意想不到的事情发生了，凯文冲上来一脚将瓶子踢飞了。

漂亮！凯文窃喜。

弗兰克继续走向瓶子的方向，凯文跑过去继续踢，而且速度越来越快，最后索性踢着瓶子像带球一样跑了起来，边跑边笑："弗兰肯斯坦先生，你真的太慢了！"

"够了！"露易丝实在看不下去了。

凯文刚刚抬起的右脚停在了半空，怪里怪气地说："哎哟！这位小姑娘是谁啊？"说时迟那时快，小麦一个箭步扑上去，一口夺走饮料瓶。凯文还没来得及看清地上的瓶子，一脚踢了个空，摔了个人仰马翻。小麦像一匹狂奔的小马，得意地来到垃圾桶前，把口中的饮料瓶丢了进去。

如此滑稽的一幕让弗兰克忍俊不禁，他只好用力咬下唇，鼻子耸动几次，才没有笑出声来。不

过，还是有人笑出声来，不是别人，正是凯文的两个朋友。

“技术不错啊！”其中一个说。

“凯文，你被一条小狗击败了！”另一个说。

凯文吃力地爬起来，牛仔衣被湿润的草坪弄湿一大片，顿时被气得满脸通红，怒目圆睁地说：“晚餐时候走着瞧！”说完，他怒气冲冲地带着他的两个朋友离开了。

“你能把我怎样，”弗兰克打趣地问，“跟老妈告状吗？”

小麦也因刚才的出色表现，为自己赢得了一块宠物饼干。

“好了伙计们，时间不多了，咱们抓紧踢球。”弗兰克说。

“看那儿！”查理指着远处一架巨形组合滑梯说。远远望去，整个组合滑梯的外形是一艘巨大的海盗船。查理迫不及待地跑到滑梯跟前说：“好了，这滑

梯就是我们的球门了。”

弗兰克先是一个大脚把足球踢上了天，小麦贴着地面追赶，弗兰克没看清脚下，差点踩着小麦，害得他一个踉跄摔倒在地。

“传球！”弗兰克趴在地上继续喊。

足球落地时，小麦用鼻子直接将球传给了技术娴熟的露易丝，她先是将球停在身前，然后沿曲线高速带球。快到门前时，她抡起右腿大力抽射，足球画出一道美妙的弧线，呼啸着奔着球门死角而去。查理一开始还在走神儿，但是当足球快到门前时，他敏捷地伸开双臂，用指尖将球捅了出去。

“哼！没人能攻破我把守的大门！”查理自信满满地说。

让我给你点颜色看看，弗兰克心里暗暗较劲。他把球捡回来，先将球传给露易丝，露易丝抬头看了一眼球门，佯装观察射门角度，突然，她做出一个精彩的

“马赛回旋”[①] 将球又传回给弗兰克。弗兰克早就做好了准备，他抬起右脚，待足球滚到他面前时，“砰”的一声将球踢了出去。足球像一颗出膛的炮弹，带着强烈的旋转直奔球门死角而去。查理虽说已经张开双臂做出扑救，但最终还是没能抵挡住这脚势大力沉的射门。弗兰克一边呼喊，一边双膝下跪在草地上滑行庆祝，俨然一副明星派头。不过很快他就后悔了，因为这一滑把裤子弄得脏兮兮的，回去可怎么向妈妈交代?

“球进了！”弗兰克来不及想那么多，扯着嗓子沉醉在进球带来的一种眩晕的甜蜜中。以至这般狂热后，他把嗓子都喊哑了。

---

① 译者注：“马赛回旋”是一个华丽而又实用的个人摆脱技巧，进攻者正向带球过程中，以一个 180 度旋转顺势转身摆脱掉防守者，再将球传出或者继续带球推进。整套动作一气呵成，融合艺术、速度和技术于一体，往往能在双方看似均等得球机会的情况下，出其不意地占据主动。将“马赛回旋”发挥到极致的球员当属法国球星齐达内，他脚跟内侧拉球后反向转体 360 度的动作，非常类似赌场中的马赛轮盘，因而得到了“马赛回旋”的美称。

正当大家沉浸在进球的快乐中时，那个不起眼的足球竟然消失了，那套海盗船外形的组合滑梯也不见了。小麦开始冲着前方“汪汪”地叫，弗兰克心跳加速，猛地站起来，眼前的一切让他觉得不可思议。

原来，刚才还好端端的一个足球，现在竟然变成一个披着彩虹色彩的光环！一道道亮光从光环中射出三四米远。

露易丝也看傻了，呆愣愣地站立在那儿。

查理用拳头撑起身子，显然他还没有发现身后的光环，遗憾地笑着说：“哎，就差那么一点点儿就扑到了。”

“呃，查理，”露易丝提醒他，“你要不要转过身看看？”

查理转过身，眼睛睁得很大，笑容消失了，随即一脸愕然地大声说：“我的老天！这是什么东西！”

3个人站成一排，看着光环里不断旋转、不断变化

同时还不断放射出刺眼亮光的彩色旋涡，那种亮光好像平静的湖面上漂浮着的一层油渍。

“我也不知道，”弗兰克说，“但是直觉告诉我，这事儿肯定和刚才的足球有关，其实一开始我就觉得那家商店哪里有点儿不对劲。”

说完，弗兰克朝光环走去……谁也不知道它到底是什么。

“你想干什么？”查理惊慌地问。

弗兰克显得出奇的平静，说：“刚才进球的位置就是这里，足球一定就在里面的某个地方，我得把它找回来。”

“你是不是疯了？”查理说。

弗兰克微笑着说：“是不是觉得好像走进了普拉切特夫人的‘魔法花园’？”

普拉切特夫人是弗兰克家的邻居，她脾气暴躁，最受不了弗兰克在院子里踢足球，虽然花园里出没的鼻涕虫也让她很头疼。

“那区别可大着呢。”查理说。

“不管怎么说，这个足球虽然看起来破旧，但我能感觉得到，它真的就是我的幸运足球。你想想我是多么艰难才得到它的啊！”

查理眉头一紧，自言自语地说：“什么狗屁幸运球。”

弗兰克来到光环前，伸出右手，整个手掌穿过旋转的光环，说：“感觉还挺暖和的。”他向伙伴们伸出另一只手说：“谁想跟我一起进去？”

“我要去！”露易丝第一个报名，跑过来紧紧握住弗兰克的手。

查理晃了晃脑袋说：“希望未来的某一天，我不会为今天的决定后悔。”说完他就用戴着手套的大手握住了露易丝的手。小麦早就等不及了，它用鼻子在弗兰克的脚踝上蹭来蹭去，看起来也已经下定了决心。

弗兰克向前迈出一大步，突然间他的胳膊不见了，紧接着是一股强烈的刺痛感传遍全身，好像一股电流

正穿过他的身体。“出发吧！”他挣扎地对大家说。

某种力量死死吸住了他的胳膊，一股脑儿把所有人都吸了进去。

第三章

木腿船长与他的海盗球队

“什么……噢……哇！”

黑漆漆的通道里，弗兰克的身体从左边弹到右边，又从右边弹回到左边。

其他人也跟着掉了下去。

这期间，露易丝一直紧握着他的手。眼前的世界像一个色彩斑斓的万花筒，螺旋着向下延伸。

大伙儿越掉越深，他们将会到达何处？恐惧、无助，在他们的脑海中旋转，唯一值得宽慰的是，彩虹般的光芒也算一道别样的风景，至少比那黑漆漆的无底洞好得多。弗兰克闭上眼睛开始回想，曾经坐过那么多次过山车，还真的没有哪次能比这次来得更刺激、更紧张。前仰后翻的弗兰克最终还是没能抓紧露易丝的手，两人很快就分开了。

整个下滑的过程让人想起了滑水道，只是这里没有水，但是速度可比滑水道快多了。

也不知过了多久，前方突然出现一个巨大的弯道，弗兰克借此机会平衡一下自己急速下坠的身体，他用余光看到其他人也在张牙舞爪地大叫着向下滑行。

“啊！”露易丝瞪圆了眼睛，尖叫着从弗兰克身边滑了过去。

弗兰克用力扭过身子，望着脚下的无底深渊，惊出一身冷汗。何时才能到底啊！他伸出手，手指用力抓挠着通道的内壁，内壁比雨水冲刷过的草坪还要滑，

任他怎么抓也没有用。看来，要想减速根本不可能，他又闭上了眼睛。

“抱……歉！”想到大家跟着自己受罪，强烈的内疚感涌上弗兰克的心头。

难道真的没有尽头吗？此时，一股冷风扑面而来，弗兰克微微颤抖了一下，顿觉清爽许多，接着，某个物体向他扑面而来，原来是木板！他心想，完了，完了，这下完了……

然而，结果没有想象中那么糟。弗兰克两眼一黑，昏厥过去。醒来的时候，他发现自己躺在坚硬的地板上，下方还传来阵阵轰鸣声。突然，他感觉到什么东西正在舔他的脸，仔细一看原来是小麦！它用湿滑的舌头在弗兰克脸上舔来舔去，弄得他怪痒痒的。他仰面躺在地板上，满眼的蓝天让他神清气爽。远方的桅杆上，一张大旗随风飘扬，旗子上绣着一颗骷髅头，下方印着两根交叉的骨头！海盗！

海鸥不时从头顶飞过，发出阵阵清脆的叫声。

海鸥？我们没去海边啊……

弗兰克猛地坐起来，大口大口喘着粗气。原来，他身处一艘中世纪时期的海盗船上，甲板和桅杆都是用原木精心制成的。错综复杂的缆绳一端吊在空中，另一端在甲板上盘作一团。站在甲板上向远处望去，在这漫无边际的蓝色海洋上，空气也透着一股咸味，吸进去凉凉的。

其他人也都一个个坐了起来，愣在原地，不知道到底发生了什么。唯一庆幸的是，从那么高的地方掉下来，大家竟然都没受伤。不过，大家身上的穿着更是让人不可思议。你看，露易丝穿着一件紫色上衣，黑色短裙正好遮盖到膝盖以上的部位。查理则穿了一条红色短裤，身披一件仿佛被海水浸泡过的蓝色褶皱夹克，头顶捆着一条脏兮兮的头巾。弗兰克也好不到哪里去，肮脏的蓝色短裤搭配一件水手标志的海魂衫。再摸摸头顶，那是一顶湿漉漉的被海水浸透的丝绒高帽，帽子周围绣着一层金边。

“我们出海咯！”查理喜出望外，身体不小心向后倾斜，“咔擦”一声！原来是露易丝的游戏机被查理结结实实地踩了上去。

“啊！”露易丝欲哭无泪，跪在地上，双手捧着自己心爱的游戏机，盯着屏幕上那道像一把刀子划过的裂缝说：“完了，被你踩坏了！”

“我不是故意的。”查理解释道。

露易丝摇摇头说：“我告诉你，要是让我爸知道了，他一定会抓狂的。出发前，他专门叮嘱我不要带游戏机出门。”

弗兰克走过来，一只手搭在露易丝肩头说：“或许还能用。”

露易丝按下游戏机侧面的开关键，只见一道刺眼的金光从机器中射出，吓得她把游戏机直接丢在了甲板上。

游戏机打了几个滚，平躺在甲板上。这时，屏幕突然亮了，然后在半空中映射出一个高个儿男人的影像。他穿着一身黑色的专业裁判服装，脖子上挂着一个哨子。他转身面对弗兰克，影像开始忽隐忽现。

“恭喜你们！欢迎来到‘魔法足球大联盟’的神奇世界，请报上大名来。”

“不会吧？你是……”弗兰克盯着眼前的这个男人，越看越眼熟，仿佛在哪里见到过。

裁判慌张地看看手表说：“你们队有幸被选中来参加魔法足球大联盟的比赛，你们要是没有队名，那就起一个好听又响亮的名字。”

“弗兰克足球队呗！”露易丝脱口而出。

“等等，容我再想想……”弗兰克说。

“既然是你赢得的那个魔法足球把我们弄到这儿来的，那就由你决定吧。”查理对弗兰克说。

“好了，没时间了，就叫‘弗兰克魔法足球队’吧！”裁判不耐烦地说。弗兰克突然感觉胸口有一丝灼热，低头一看，发现胸前竟然印上了一个倒三角排

CHARLIE
1
8

列的队名——弗兰克魔法足球队（FFC）！[①]

“太酷了！”弗兰克窃喜。

“弗兰克魔法足球队，”裁判说，“听着，我正式宣布，你们接下来要面对的是‘海盗掠夺者队’。”

---

① 译者注：FFC 全称 Frankie Football Club。实际上，足球队名也是一门学问。通常情况下，足球队的队名往往是这样来的：1. 城市名 + 足球俱乐部（XXX+Football Club）。例如，巴塞罗那队（FCB）、罗马队（ASR）和利物浦队 （LFC）等。这类构成最为多见，它简洁明了，便于记忆。2. 某称号 + 城市名 + 足球俱乐部（XXX+XXX+Football Club）。例如皇家马德里、皇家社会、皇家贝蒂斯等。这类队名听起来高端大气上档次，特别是有“皇家”头衔的球队，豪门范儿十足。3. 其他队名。除了以上两类，足球队名还有独具一格的，例如尤文图斯、阿贾克斯、博卡青年等。但是，有一批另类的存在，让足球队名变得格外有趣。有一支来自玻利维亚拉巴斯的最强者队（The Strongest）。此名霸气十足，有“顶级、最强球队”的意思。不仅如此，他们还有一大堆炫酷的昵称，例如猛虎、冠军粉碎者、黑旋风和大长老等。你知道它的名字从何而来吗？在 1932—1935 年，玻利维亚和巴拉圭之间战争频发，一群工人决定参军报国。他们在战斗中表现出色，后被授予“肯尼业达战役最强者”的荣誉称号。从此，这支球队成为世界上唯一一支有战争荣誉称号的球队。此外，还有一支来自洪都拉斯的马拉松队（Marathón）。该队是洪都拉斯最负盛名的球队之一，队名的由来居然是一次有趣的巧合。俱乐部成立之初，主席蒙特斯向美国芝加哥的一家公司订购了一批训练用球。但是由于语言不通，本来下的是购买足球的订单，美国方面却寄来一批橄榄球。蒙特斯拿来一看，哟！马拉松牌的，于是就拿这个作为队名，纪念美方的这个失误。

“什么？海盗掠夺者？”弗兰克不敢相信自己的耳朵。他抬头看了看那张飘扬的大旗，似乎明白了些什么。

“小帅哥，你说得没错。”一个声音从背后传来。

大伙儿回头一看，是一个穿着红色夹克的男人，他走路一瘸一拐，仔细一看，其中一条腿竟然是用木桩做成的。扣在头顶的散乱的头发好像时刻提醒所有人，这位先生该洗头了。再看他的下巴，上面留着浓密的胡子。最可怕的是他的腰间佩带了一把锋利的短刀。

“你是谁？”露易丝问。

木腿“咘咘”地敲打在甲板上，他一瘸一拐地向前走来。这时，弗兰克注意到一个细节，海盗上衣的每颗扣子都呈足球状。

他说：“我是克洛普船长，是这艘‘快乐射手号’的主人。没猜错的话，你们来这儿的目的是打算偷走我的宝藏！”

“别误会，我们只是想把我们的足球找回来，仅此而已。”查理说。

克洛普气不打一处来，大吼：“什么，足球？好吧，罗尔夫，该你出场了。”

对面的甲板上传来一声声“嘎吱嘎吱”的挤压木板的声音，一个魁梧的壮汉披一件敞开的大褂，他身高足有2米多，水桶一般宽阔强壮的胸肌上布满文身，他一只手捧着弗兰克的魔法足球，另一只手是一根铁钩。

“你们找的是它吗？”

弗兰克有点害怕，话刚到嘴边，又收了回去，只能点了点头。

突然，一道绚丽的彩色从他眼前划过，仔细一看，原来是一只红、黄、蓝三色相间的鹦鹉。他落在了船舵上，叽叽喳喳道：“小菜一碟！只是几个小孩子！小菜一碟！只是几个小孩子！”

“那只鹦鹉在讲话？”查理不可思议地说。

“那有什么好奇怪的。”小麦说。

“你你你，你刚才……”

“是啊，鹦鹉会说话，小狗就不行了吗？”小麦理直气壮地说。

弗兰克被眼前的一切惊呆了。

这时，一个黑影顺着缆绳滑下来，原来是个女孩，看起来比弗兰克他们几个大一两岁的样子。她披着一头红色长发，穿一条宽松的浅绿色灯笼裤。她身轻如燕，轻巧地落在甲板上，对着弗兰克深深地鞠了一躬，说：“我叫斯嘉丽，这只烦人的鹦鹉叫帝多。”

克洛普冷笑两声，不小心露出前排两颗大金牙，说：“一群菜鸟，你们准备好了么？我们是这个世界上最强大的足球队！”

FFC

第四章

无规则球赛

露易丝扑哧一笑。

“有什么好笑的？”克洛普问。

“我只是从来都没听说过海盗也会踢足球。”

罗尔夫听了这句话，气得吹胡子瞪眼，把手中的足球一把抛向空中。鹦鹉帝多仿佛心领神会，拍打着翅膀冲上高空，一个猛子扎了下来，用它坚硬无比的喙

将足球捅了出去，球朝着斯嘉丽飞去。斯嘉丽瞄准急速下坠的足球，一个前空翻，用双腿将球死死夹住，然后用力一甩，足球又传向了远处的克洛普。克洛普单腿将球颠了3下，然后用那条木腿将球稳稳踩住。

“怎么样，够酷炫的吧！”他说。

“等等，获胜一方的奖品是什么？”查理问，“不会是什么深埋千年的宝藏吧？”

这时，裁判从露易丝的游戏机里又冒了出来，说：“获胜方会获得直接晋级下一轮的机会。”

“那如果输掉比赛呢？”弗兰克倒吸一口凉气问。

罗尔夫伸出铁钩，指了指远方说：“哼！输了就会被流放到那座小岛上，到时你要么自己造一艘小船，要么就等着喂螃蟹吧！”

顺着罗尔夫所指的方向望去，弗兰克发现，大海中心有一座光秃秃的小岛，岛上除了零星的几棵棕榈树外什么都没有。

都是我拖累了大家，弗兰克想，我绝不允许我的朋友们被送到那个荒岛上去！

“我是世界上最棒的小狗，我们会成功的！”小麦说。

弗兰克用发亮的眼睛直视着克洛普，好像在审视着对方的胆量。他走上前去，伸出手说：“那咱们就比试比试。”

克洛普咬牙切齿地伸出手，接受来自这帮孩子的挑战。

“球门在哪？”查理问，“要不用桅杆当门柱得了。”

裁判摇摇头说：“比赛有比赛的规则。”

斯嘉丽抽出短刀，指着桅杆顶端一个篮子形状的东西说：“上面的鸟窝作球门，谁先踢进对方球门3球，谁就获胜。”

“我们那边可真没有这么玩儿的。”露易丝说。

“有没有这么玩儿的关我们什么事？”克洛普把球抛到甲板中央，还没等球停稳，脚下炮声隆隆，差点

没把弗兰克的耳朵给震坏。原来，这是海盗船上的规矩——“鸣炮开球”。

“准备好了吗？”裁判叼着哨子问。

“吱——”一声哨响，比赛开始了。

克洛普生猛得像一头下山虎，发疯似地扑向足球。弗兰克机智灵活，向前小跑几步后侧身腾空而起，整个身体落在湿润的甲板上后开始高速滑行，最终抢先一步触到足球。他用脚尖一捅，足球穿过船长胯下，干脆利落地将他过掉。接着，他用脚尖轻巧地将球挑起，然后用外脚背凌空抽射，足球弧旋强烈，一飞冲天，直奔桅杆顶端的鸟窝而去。

“该死！”船长嘟哝道。

“1∶0！弗兰克魔法足球队进球有效！”

“狗屎运！”鹦鹉帝多叽叽咕咕。

“砰！”又一声炮响，第2轮比赛开始。不出所料，又是弗兰克一马当先，最先拿到球权，但是周围的空气瞬间停滞下来，气氛安静得让人窒息。身后的

8
FFC

露易丝大喊："弗兰克！小心！"转眼间克洛普高速滑铲而来，弗兰克像一袋被扔出去的沙包，连续在地上打了几个滚儿后重重地摔了出去。

"犯规！明显的犯规！"露易丝吼叫起来，"裁判，你到底管不管了！"

裁判早就没了踪影。

罗尔夫狞笑着说："叫什么叫！这是合理冲撞，没犯规！"

小麦实在看不下去了，他愤怒地朝大块头罗尔夫冲了过去，但是没跑几步就浑身发怵，两脚发软。

要想搞定这个大块头，无异于让我们推倒一棵巨大的橡树，弗兰克想。

罗尔夫将球传给斯嘉丽，斯嘉丽不停球，瞄准球门后抡起大腿，一脚将球踢了出去，足球干净利落地掉进了鸟窝！

"1：1平！"斯嘉丽呼喊。

"我们该怎么办？"查理有点着急了。

小麦竖起耳朵说：“大家别乱了阵脚！”

查理擦了擦额头上的汗珠说：“真不敢相信，训斥我的竟然是一条狗。”

第3声炮声响起，弗兰克双脚用力蹬地，像一颗子弹冲了出去。罗尔夫也不示弱，像一台推土机冲了上来。足球被速度更快的弗兰克抢先一步拿到，紧接着，他用一个敏捷又潇洒的过人动作将罗尔夫轻松闪过。等到克洛普上来抢球时，弗兰克早已机灵地将球传给露易丝。露易丝准备调整姿势射门时，斯嘉丽再次闪出，她紧握着一根缆绳从天而降。露易丝抬头观察后传出一记漂亮的地滚球，球直接来到小麦脚下。

“射门！”查理扯着嗓子大喊。

“快射门！”露易丝喊。

小麦向后退了几步，背对足球，一脚将球踢了出去。足球并没有直接射向鸟窝，而是飞向旁边的一个木桶。就在大家扼腕叹息时，足球砸在木桶上反弹出去，竟朝着高处的鸟窝飞去。小麦摇着又短又粗的小

尾巴，提前沉浸在即将到来的喜悦中。

这球进了……弗兰克想，小麦真的做到了！

这时，帝多拍打着翅膀扑杀了出来，在球进之前，用他强有力的翅膀将球挡出。

足球飘飘悠悠地飞出船外，落进水中，溅起一片水花。

“该死的！”小麦叫道。

大家先是一愣，继而都围上来，寻找足球的踪影。

“这是我们的界外球！[①]”露易丝激动地说。

---

① 译者注：界外球是足球比赛中重新开始比赛的一种方式。当你有意或者无意地将球踢出边线的时候，这里指的是足球整体越出边线的情况下，裁判就会把球判给最后触球一方的对手。扔界外球的时候，一定要站在边线外，双手持球，举过头顶。如果力量足够大，你可以从边线直接扔到禁区里，这类球员往往被冠以“大力水手”的称号，投出的界外球被称为“手榴弹”。“大力水手”中的代表人物是英超斯托克城队的罗里·德拉普。超远距离界外球是德拉普的成名绝技，同时也是英超赛场一道独特的风景线。德拉普小时候练过标枪，扔出的界外球速度可达 60 公里 / 小时，最远距离可达到 40 米，直接利用界外球创造得分机会。加之德拉普效力的斯托克城队坚持高举高打，德拉普的“手榴弹”多次制造杀机，包括阿森纳和曼城等队都曾被德拉普的界外球“手榴弹”击溃，特别是在 2009 年足总杯斯托克城对阵曼城一役，德拉普更利用界外球机会帮助肖克罗斯在补时阶段绝杀“蓝月亮”，现曼联主帅莫耶斯更是评价“德拉普就是一架投石器”。

大家看着足球在水面上一上一下地漂浮着，海面出奇的平静。突然，一个神秘的三角形物体冒出水面，拨开水浪，向海盗船冲过来。

“是鲨鱼！”

这只世界上最危险的动物，此时正露着锋利的牙齿冲了过来，海面的平静瞬间被打破。

“要是鲨鱼把球吃掉，我们就永远别想回去了！”查理大喊。

鲨鱼仿佛听到了查理的话，非但没有要吃掉球的意思，反而猛地冲出水面，用鼻子顶着足球玩耍起来。这一幕把大伙儿都看呆了。没过多久，第2条鲨鱼浮出水面，用尾巴拍打着足球。第3条也毫不示弱，直接用尾巴大力将球拍了出去。

“看来鲨鱼也喜欢踢球。”弗兰克说。

“是的，要么它们真正喜欢踢球，要么就是足球太难吃，你看那丑陋的球皮。”查理说。

3条鲨鱼旁若无人地继续玩耍，它们之间用鼻子互

相传球，你传我，我传它。终于，可能是太陶醉的缘故，一条鲨鱼不小心将足球又拍回到甲板上，另外两条鲨鱼兄弟快气炸了。来球看起来不高不低，正好打在罗尔夫胳膊末端的铁钩上。

“手球犯规[①]！”弗兰克大喊。

“我都没手，还手个屁球啊！”罗尔夫摇摇头，嘴角露出一丝苦笑说。

看见裁判并未吹哨，罗尔夫先是把铁钩偷偷缩了回去，用一脚势大力沉的抽射将球踢进鸟窝。

“2：1！”

---

① 译者注：手球或手球犯规，是指除守门员以外的球员踢球时，用肩部以下的整个手臂触到球，这就是犯规。足球嘛，明显是头顶脚踢，如果手球不犯规的话，那不就成篮球了吗？不过也有例外，比如运动员如果是被动地手触球，即“球打手”，而他的手根本就没有动，这一幕想想也挺尴尬，你会说“明明我没动，是球打在我身上的”，没错，这种情况就不算是手球。另外当守门员离开了禁区的时候，同样不能用手接触球，否则也算是犯规。守门员要时刻铭记，自己的职责就是守门，没事儿别跑到禁区外面瞎溜达。

第五章

抓住最后的机会

这下，弗兰克开始着急了，大家聚在一起商讨对策。

“对方的实力要比之前预想的强大得多。”

“太颠了，我有点晕船。”查理说。

“什么都别说，他们就是一群无赖，踢不到球就踢人。”露易丝抱怨道。

“咦？裁判去哪儿了？”

弗兰克看了看四周，原来裁判正躺在两根桅杆撑起的吊床上休息，睡得还挺香。

“就他这德行，你能指望得上？”弗兰克说。

眼看小岛已经越来越近，大家的心都跳到了嗓子眼儿。谁都清楚，如果没有食物和水，不管换成谁，都在这荒岛上坚持不了几天。

“别气馁，如果我们能够再进一球，扳平比分，我们还是有希望的。”小麦坚定地说。

“说的容易，你把对手都当木桩了啊！”查理说。

“够了！”眼前的这一幕，是弗兰克最不想看到的，自己的队员之间相互埋怨，相互争吵，到头来只会自己球队吃亏。

“如果我们不能拧成一股儿绳，大家就等着输球吧！”弗兰克厉声说。

“弗兰克说得对！”露易丝说，“我可不想输给一帮乌七八糟的海盗！”

“要不，我们耍点花招，”小麦说，“在他们带球的时候，我照着脚踝就是一口，先不说伤没伤到人，至少可以有效地拖慢他们的进攻速度。”

“别想了！”弗兰克听不下去了。

“我只是说说而已嘛，”小麦说，“毕竟这么做的确有效。”

“我们不是海盗，我们走得直，行得正，那样龌龊的事情，我们的人坚决不做，”弗兰克说，“记得一点，我们时刻遵守‘公平竞赛’的原则。”

弗兰克向身后偷偷瞟了一眼，克洛普正把脚搭在栏杆上，“嘿哟嘿哟”地做拉伸运动。某个瞬间，他对着弗兰克阴险地一笑，让弗兰克不禁打了个哆嗦。罗尔夫和斯嘉丽分立两侧，罗尔夫抬起胳膊，露出强壮的肌肉秀给斯嘉丽看，肌肉上纹着大片大片的图案。帝多在一旁专注地戳甲板上的什么东西，看起来像一块饼干。

这显然是一副战无不胜、唯我独尊的派头，就好

像自己就是为赢球而生的。不过，这恰恰也是他们的“软肋”，自信心爆棚并不是什么好事，弗兰克想。

“大家听着，”弗兰克说，“还记得我们有一次出去踢球，唐老师说过的话吗？”

“上公交前务必摘下手套？”查理说。

查理一句话让所有人陷入尴尬，只有小麦“咯咯”地笑出了声。

“当然不是！”弗兰克说，“他说过，无论在什么样的场地条件下踢球，始终不变的是足球比赛本身。”

“这块场地的确和我们之前见到的场地不同，”露易丝说，“那你说，我们怎么才能进球？他们的守门员可是一只会飞的鹦鹉啊！”

“我虽然不会飞，”查理说，“但是我也不会坐以待毙。”

弗兰克搂紧大伙儿，拍拍口袋说：“有了，我们需要引开帝多，至于诱饵嘛，都在我这儿呢。”

大伙儿全神贯注地听着。

“好主意！值得一试！”露易丝最先表态。

“快点！还踢不踢了！”克洛普船长大声吼叫，“海参爬得都比你们快，你们还要磨蹭多久？”

大家转过身来，鼓足劲儿面对这群凶恶的海盗。

罗尔夫、帝多和斯嘉丽在船长克洛普身后一字排开，克洛普叉着腰说：“你们是不是已经开始讨论接下来在小岛上生存的事情了？来，大家说说看，谁先被大螃蟹吃掉呢？我猜一定是那条小狗，对不对？”他指着小麦说。

“这小家伙儿吃起来肯定嘎嘣脆。”

“闭上你的臭嘴！踢赢我们再说！”小麦怒气冲冲地说。

炮声再次响起，烟雾随风飘过甲板上空，呛得弗兰克的队员们不停地咳嗽、揉眼睛。等烟雾散去，弗兰克回过神来，赶紧朝足球奔去。大块头罗尔夫悄悄从侧面靠近，这一细节被弗兰克余光扫到，他赶紧轻

巧地将球传给了露易丝。露易丝抬头望了一眼鸟窝，抬腿就要射门。帝多见状，腾空而起，在鸟窝周围盘旋，做出防守的阵势。这时，弗兰克从口袋中掏出一块饼干，猛地抛向空中。帝多仿佛丢了魂儿一般，拼了命地朝饼干飞去。

“快射门！”弗兰克大喊。

帝多将饼干一口咬住，露易丝眼看机会来了，一脚将球踢进了鸟窝。

“2：2！”小麦欢呼着。

裁判猛地从吊床上滚了下来。

“什么……哪里……哦，2：2了吗？好，谁再进一球，谁就胜出。”说完，他又爬回吊床睡觉去了。

“大事不妙！”帝多落在缆绳上，发现上了当。

克洛普气不打一处来，抬起木腿在甲板上直跺脚，大声吼叫：“你这个傻鸟！你要是再给我飞下来吃东西，我非把你的毛扒光不可！”

“你不是说他们很好对付的吗？”斯嘉丽冷冷

地说。

克洛普眯着眼，似笑非笑地说：“是时候出大招了。”

斯嘉丽和罗尔夫相视一笑，罗尔夫不小心露出他那口丑陋的大黄牙。

斯嘉丽突然腾空跃起，抓住一根缆绳荡了出去，克洛普悄悄躲在桅杆旁，罗尔夫则冲向船舵。

他们这是要干什么，弗兰克看不明白，于是对队友说：“大家做好准备，可能有阴谋。”

露易丝点点头，向四周张望。

小麦这时突然大叫：“查理哪儿去了？”

炮声突然响起，不知什么原因，克洛普站在桅杆下一动不动，只是举起一只手，好像要发号施令。弗兰克一看不太对劲，于是一个箭步冲向足球，就在触球的那一瞬间，克洛普抬起的手突然向下，接着双手死死抱住桅杆。罗尔夫收到命令，一个劲儿地扭转船舵，海盗船开始急速转向。弗兰克还没缓过神儿来，突然间失去重心，“扑通”摔倒在地。他艰难地抬起头，看见露易丝和小麦也跟着摔倒在地上，大家瞬间乱了阵脚。

当弗兰克挣扎地站起身来时，克洛普早已将球控制在自己脚下，阴险地笑着说：“小屁孩，遇到我算你倒霉。”说完，克洛普一脚将球踢了出去，触球部位和球的运行方向恰到好处。

弗兰克望着飞翔的足球，心想：“完了，一切都要结束了……”

第六章

不灭的团队精神

高高挂起的船帆背后，大概在靠近桅杆顶端的位置，弗兰克隐约看到一个高大的身影，显然不可能是帝多。

眼看足球就要落入鸟窝，一只大手突然出现在鸟窝上方，一把将球拍了出去。

“查理！是你啊！太棒了！”露易丝像看到偶像一

样尖叫着。

查理站在桅杆上，向大家挥了挥手，然后顺着桅杆滑下来，好像一名身手敏捷的消防队员从消防通道里滑下来一样。

足球被查理挡出，落在甲板上，正好落在小麦身边。

“给我铲倒那个小坏蛋！”克洛普大叫。

罗尔夫像一只发狂的公牛，气急败坏地向小麦冲过来，脚下的甲板发出“喀嚓嚓”的巨响，震得人心收紧。

“小麦！快射门！”露易丝叫道。

小麦站在原地一动不动，显然他已经被罗尔夫这阵势给吓坏了。

它会被压成肉泥的！弗兰克心头一紧。

就在罗尔夫扑上来的那一刻，小麦纵身一跃，带球跳向一边，成功躲过了罗尔夫的攻击。其他海盗见状，仿佛一下子乱了阵脚，向弗兰克和他的伙伴们蜂拥过来。小麦想把球传给露易丝，但是传球力量不够大，正好给了斯嘉丽抢断的机会。斯嘉丽和露易丝几乎同时触碰到足球，激烈的碰撞引起足球带着强烈旋转飞了出去，最后落在了克洛普的身边。弗兰克看好时机，猛地伸出一脚，在克洛普触球之前碰到了足球，并且顺势从克洛普的胯下穿过。此时，弗兰克有足够时间抬头瞄准目标了。

机不可失，他想，这次一定不能浪费。

“小心啊！”露易丝叫道。

弗兰克抬头一看，只见罗尔夫高举着一个大木桶向他扑来。显然，他杀红了眼，脚下的甲板发出“咔嚓”的断裂声。

“噢，天哪！”弗兰克闭上眼睛想，“我可以射门，但是射门后我会被碾成碎片。”

他环顾四周，突然发现一根救命稻草！他并没有选择射门，而是将球朝着缆绳滑轮重重地踢了过去。船帆上的滑轮开始松动，绳子一点一点向下脱落，只见

最大的一面船帆从最高处滑落下来，正好落在了罗尔夫的头上。

罗尔夫“啊”的一声被船帆盖住，重重地摔倒在甲板上。罗尔夫一边大叫，一边在船帆里翻来覆去。

“帝多！”克洛普叫道，“给我守好大门！”

此时的帝多早已无心应战，它拍打着翅膀对克洛普生气地说：“你刚才不是叫我‘傻瓜’吗？”

某个瞬间，时间凝固，弗兰克仿佛又回到了环球嘉年华的那家足球商店，同样是在紧要关头，他口袋里只有50便士，但他还是赢了。那么，这是不是预示着，这场比赛的获胜者也是他们？

他抡起右脚，迅速摆动大腿，把球重重地踢了出去。足球像一支离弦的箭，“嗖”的一声朝鸟窝飞去。眼看就要进球，但海上狂风作祟，足球在鸟窝边缘上绕起了圈，就是不肯落进去。斯嘉丽抓住一根缆绳，奋力向上蹿，试图阻挡将要进窝的足球，不过，人倒霉了，喝口凉水都塞牙。原来，斯嘉丽手中绳子的另一端竟然被小麦咬断了。就这样，足球在鸟窝边缘绕了几圈后，稳稳地掉了进去。

“球进了！”大家欢呼起来。

克洛普哀嚎着瘫倒在甲板上。

队友们一拥而上，将弗兰克扑倒在地，一起享受胜利的喜悦。

“我们赢了！”露易丝激动地说。

“3：2！”查理说。

“从来都不要小看自己的实力！”小麦喊道。

哨声响起，比赛结束。

弗兰克站起身，裁判踩着足球站在旁边。

“弗兰克魔法足球队获胜！”裁判宣布，“多少年没有见到过这么漂亮的‘电梯球’了！”

裁判的一番话让弗兰克疑窦丛生，忽地大喊出来：“我知道了，你是那家足球商店的老爷爷！”

裁判笑着：“我一直在寻找最出色的球队，看来功夫不负有心人，现在我找到了。”

伴随着一声炮响，海盗船开始剧烈晃动，接着向一侧倾斜。弗兰克张开双臂，试图保持平衡。

罗尔夫从散乱的船帆底下探出头说："完了，我们要遭殃了！"

"我正式宣布，按照比赛规则，海盗队将被放逐到这个无人小岛上。"

"但是……但是……"克洛普船长结结巴巴地说。

"别输不起，"露易丝说，"好了，现在我们该想想回家的事儿了。"

裁判指着海面上突然冒出的一块木板说："喏，跳下去吧。"

"你的意思是，我们划着木板回去？"弗兰克惊讶地问。

他极目望去，天色擦黑，大海看上去如梦幻一般，分不清哪里是天际，哪里是海平面。

万一碰到鲨鱼怎么办？他又想。

"相信我。"裁判说。

“这时候不相信也没办法了。”弗兰克说。

说完，他带领大家一起小心翼翼地登上木板，安排大家均匀地站在木板的两侧，以保持平衡。

看着身后的海盗船，弗兰克欣慰地笑了笑。

“大家准备好了吗？”

“准备好了！”露易丝说。

“也许吧。”查理说。

“等等，”小麦说，“我最害怕水，你不会忘了吧！”

“这次例外。”裁判大声说。

弗兰克突然跳下木板，整个过程中，他感觉自己的身体摇摇欲坠，等待着水花四溅的那一刻……

结果，一朵水花都没见到，弗兰克发现，自己正在草地上双膝跪地，滑行庆祝。

“球进了！”

足球钻进了查理把守的“海盗船”。

太阳还挂在树梢，公园依旧宁静如初。露易丝瘫坐

在草地上，小麦在旁边边打滚儿边挠痒痒。

“你们刚才有谁和我一样，做了一个最、最、最奇怪的梦？”弗兰克问。他低头看了看自己，身上穿着的球衣和球鞋并没有什么异样。

查理捡起魔法足球，捧在手里看了又看：“嗯，真的是有点……”

露易丝拿出游戏机说：“谢天谢地，它竟然没被摔坏！”

弗兰克问小麦：“小麦，你呢？”

小麦仰着头，摇着尾巴在弗兰克跟前绕圈圈。

弗兰克仿佛明白了什么。

突然，身旁的草地上有个东西在闪闪发光。

难道是我的50便士？

他伸手捡起，发现这50便士未免太重了些。仔细一看，这哪里是银子，分明是金子！

一枚金币？难道是海盗的馈赠！

“那不是梦。”露易丝在弗兰克身后说。

“没错，下一场魔法足球赛在等着我们！”

足球就是这样富有魅力的一项运动。在这个星球上，不管你走到哪里，都能看到踢球者的身影。你不需要攒钱购买多么昂贵的装备，不需要租一块专业足球场地，也不需要提前约好一帮要好的朋友，你需要做的只是准备一个可以在地上滚动的足球。一旦足球滚动起来，整个儿世界都为之旋转。那么，从今天开始，超级弗兰克，也就是你们眼前这位英俊帅气的男孩，将会正式成为你们的足球老师，为你们开讲一期又一期的足球大课堂。我的课程一共15期，每堂课

呢，你们都要跟着我学习足球知识和足球技巧，我还会送给你们神秘的小锦囊，这些小贴士可是超级弗兰克的传家宝，不到关键时刻不能打开偷看哦！什么，等不及了？好啦，弗兰克足球大课堂，现在，开！讲！啦！

FOOTBALL

足球知识

足球的起源和发展

说起足球起源，那超级弗兰克真是要花几堂课时间才能讲清楚，或许还不一定讲得清楚，因为足球这项运动涉及范围太广，又牵扯到不同文化背景，所以造成一个结果，那就是说法不一。有的欧洲人说，足球嘛，当然要追溯到遥远的古希腊和古罗马时代了。据说，在中世纪以前，人们就已经开始进行一种特殊的游戏。那时候，人们聚集在一个长方形的场地上，场

地中央画一条白线，白线的中点放着一个球。先不说这球是由什么制作而成的，一声令下，两帮人二话不说，你一脚我一脚就开始踢。整个过程中，也不管你踢到哪里，反正最后时刻谁将球踢到对方的场地，谁就是获胜一方。这种说法听起来很荒唐，但是仔细想想，那个时期的人们哪里有手机和电脑玩儿，这种运动当然变成了一种有趣的消遣。

还有的人说，1586年，英国探险家约翰·戴维斯出海到格陵兰岛的时候，和岛上的爱斯基摩人踢一种用填充物做成的球。在爱斯基摩人的史料中也有记载，该项运动叫“阿萨图克”。超级弗兰克不得不说，能在冰上踢球的人，那平衡力是要有多好！

类似上面的说法，在世界上的其他地区还有很多很多，但是被国际足联（FIFA）官方确认的足球发源地是中国。该项运动在古代中国被称为“蹴鞠”。据史料记载，“蹴鞠”早在战国时期就已经在汉民族中流传开来，当时只是作为大家娱乐的一种游戏而已，而到了汉代之后，蹴鞠却被军队当作一种练兵之法。唐宋时期，蹴鞠进一步发展，从最初的毛发填充物变成充气球，从皇宫院内逐渐渗透到平民百姓家。清朝，虽然蹴鞠受到了一定的限制，但还是有爱好蹴鞠的人们把蹴鞠和滑冰结合起来，形成了一种有趣的“冰上蹴鞠”的游戏。说到底，你巴西队、德国队踢得再好，还要归功于中国人的伟大发明。

讲到这里，足球的来源有种种，但真正将足球规

则化，并在全球范围内推广开来的是英国。英国是现代足球的发源地，也被称为“现代足球之母”。早在19世纪前，足球在英国就已经非常普及，但是这项运动并没有任何官方法则来进行秩序化和规范化。1848年，情况出现了好转，因为历史上第一部成文的足球规则——《剑桥规则》诞生了。1863年10月26日，英国足球协会正式成立，足球运动在英国越来越职业化，同时出现了最早的足球联赛。1863年10月26日，请大家记住这一天，现代足球的诞生之日。

随后的几年间，足球运动经历了翻天覆地的变化。足球俱乐部如雨后春笋在英国各地出现，同时随着联赛的进行，足球规则和球员们的足球装备都在日益改进。1904年，足球已经在全世界范围内传播开来，国际足球协会应运而生。1908年，足球被正式列入奥林匹克运动会的比赛项目中。1930年，第一届世界杯在乌拉圭举行。从此，足球这项运动真正走上了国际化的道路。

足球场地

不管你爱踢小场还是大场，爱踢5人制还是11人制，超级弗兰克在这里讲解的足球知识，都是以11人制足球为主。首先，正式的11人制的足球比赛场必须是长方形，比赛必须在天然草坪或者人造草坪上进

行。足球场长度为90～120米，宽度为45～90米。长方形的四条线中，两条相对较长的线叫作边线，较短的叫作球门线。

中点和中圈

比赛场地的中心处有一个圆形的标记，我们一般称之为“中点”，围绕中点的是一个半径为9.15米的圆圈，称为“中圈”。当开球一方将足球摆在圆心时，对方球员不得进入此中圈内。

FOOTBALL

足球技巧

说起足球技术，相信很多人第一时间会想起无数足坛名将，他们风驰电掣地带球，眼花缭乱地过人，出神入化地射门，征服了一代又一代的球迷。这里提到的“技术”是我们广义上所说的足球技术，而实际上，超级弗兰克接下来要讲的“足球技术”是具体的足球技术，主要从进攻技术和防守技术两大类着手，其表现方式包括接球、传球、射门、带球过人、头顶球、掷界外球、抢截、守门技术等。本章，我们先来介绍3种最基本的足球技术。

接球

接球是指运动员合理运用自己的身体，将运动中的足球停留在既定的停球位置，目的是为下一步传球、带球、射门等动作做准备。比赛中，接球的时候要注意角度和力度，接球方式主要有脚内侧接球、脚底接球、脚背接球、大腿接球、胸部接球和头部接球等。

同时，要用合理的力度将球不偏不倚地停在自己需要的位置。那些技术出色的球员，往往可以将球停稳后，第一时间带球启动，甚至在接球的同时就做出过人的动作，然后他可以选择突破，传球，甚至射门。

传球

传球，足球场上无处不在的传球，是连接球员和球员之间的有效手段。传球可以起到组织进攻、变换

战术和创造射门机会的作用。球员之间的传球搭配球员的跑动犹如穿针引线一样，逐渐织成一张覆盖全场的传球网络，构成全队进攻战术的基础。

常用的传球手段有：脚内侧传球，脚背内侧、正面和外侧传球，脚尖传球，脚后跟传球，头球传球等。在规则允许范围内，球员可以运用身体的任何部位进行传球。

射门

足球比赛的最终目的就是进球，一切动作和战术都为进球服务。毕竟足球是一项竞技运动，你的球队再强大，但是如果进不了球，也没有任何意义。所以，能否进球成了决定比赛胜负的关键。要想进球，你就要掌握高超的射门技术。一般来说，射门动作主要包括运用脚背正面、脚背内侧、脚背外侧和脚内侧为主

进行的摆射、抽射、弹射、推射等。另外，足球是一项要求速度和对抗的运动，所以很多时候，在身体失去平衡的情况下，球员为了进球，也需要完成铲射、凌空抽射、鱼跃冲顶、倒钩射门等高难度射门动作。此外，定位球和角球的射门技术也需要球员掌握好角度和力度。

古有诸葛亮赐给赵云3个锦囊，拯救了刘备的蜀国，如今，超级弗兰克在足球场上游刃有余的同时，口袋里可塞了不少锦囊妙计。不卖关子了，让超级弗兰克给你抖出3个足球锦囊看看，接着！

锦囊一：系紧你的鞋带！

踢足球就要有踢足球的样子，这一点就不需要我反复强调了吧！为什么我会首先强调这一点呢？就如士兵在上战场之前一定要检查好自己的弹夹一样，在

你登场之前，务必要反复检查你的鞋带是否系紧。如果你不听我超级弗兰克话，很可能会出现这样一幅画面：当你正在英姿飒爽地带球向前突进时，你会因踩到松掉的鞋带而摔个狗啃泥。所以，务必要检查，检查，再检查！一定要系紧你的鞋带！

锦囊二：踢球和学习不冲突

超级弗兰克虽然年龄和你们差不多，但是身经百战的我，看到一些人在抱怨踢球影响学业的时候，也忍不住给大家啰唆几句。超级弗兰克家门口有一所小学，每天下午放学后，总有几十个孩子在操场上踢球，这时，我看着都脚痒痒，跑回家换球鞋一定要加入他们。但是，刚刚穿好球鞋，一阵呵斥劈头盖脸而来：“你作业写完了吗？你能踢出个未来吗？”这

时，我只能咬着牙写完作业再跑出去踢球。相信你们也经历过和超级弗兰克相似的情况，这很正常，因为现在很多人认为，爱踢球的孩子必然学习不好，学习好的孩子一定不爱踢球。这其实是一个误区，大大的误区，因为大量研究证明，踢球好的孩子更聪明，更细心，更有勇气和韧性！足球和学习可以同时进行，互相促进，形成良性的互动。恰当安排学习与踢球的时间，学就学个踏实，玩就玩个痛快！

锦囊三：足球规则真的很重要

无规矩不成方圆，足球也是一样。足球规则是由无数前人经过亲身实践和研究总结产生的一套规范这项运动的工具，只有认真学习足球规则后，才会更加深入了解这项运动。对足球规则的把握，不仅会让你在

踢球和看球的过程中少走弯路，提高效率，还会让你成为别人眼中的活字典，让人刮目相看。所以，如果你想要变得更加专业，抓紧时间系统学习一下足球规则吧！

致谢

首先，我要感谢Samantha Smith，Charlie King，Kate Webster，Madeleine Feeny，还有小布朗出版社的每一位员工。其次，我要感谢来自The Blair Partnership经纪公司的Neil Blair，Zoe King，Daniel Teweles以及其他员工。再次，我对Mike Jackson在插画上所作出的努力致以深深的谢意，是他让小说里的人物活灵活现，栩栩如生。同时，我要致以Michael Ford最特别的感谢，感谢他的聪明才智和耐心；最后，我要感谢Steve Kutner，我的好朋友，是他给予我巨大的帮助和指导，不只体现在这套小说里，一切的一切，我都要感谢他。

游戏规则

1. 洗牌，摸牌。
2. 玩家用自己摸到的卡牌组建球队，每 4 张卡牌组成一支球队；玩家也可自行约定每支球队的卡牌数。
3. 玩家自行决定谁先“开球”（即出第一张牌），后出牌者选出一名队员进行阻截，阻截是否成功取决于双方球员的能力值（力量、技术、体能、速度、斗志），玩家自行约定比较哪一项数值，数值高者获胜，并继续与对方的下一名球员进行对决。
4. 玩家手中的最后一张卡牌，即为守门员，如用于比较的能力值低于对方的球员，则球进，反之则守门成功。无论球进或不进，第一轮进攻到此结束，由守门员“开球”，开始第二轮进攻（注：每一轮进攻中，每位球员的某项能力值只能使用一次）。
5. 每场比赛的总时间为 5 轮进攻，即双方进攻的轮数总和是 5 轮；玩家也可自行约定进攻轮数。
6. 比赛完毕后，记录下每支球队的成员和战绩。